ポトナム叢書第五一三篇

歌集

原風景

舟木澄子

現代短歌社

目次

原風景

I

初春の雪

ハーブティー白き器に満たしつつ少し春ある心地こそすれ

初春《はる》の雪頭《こうべ》に戴き平成の韋駄天一気に箱根路走る

かまくらに人潜りゆきてややしばしぽっと明るむ御伽の灯し

黒土の畑に肩出す大根の白の眩しさ年新たなり

詫びねばならぬ幾つが不意に胸よぎるさらさらと春の雪降る見つつ

書初は墨痕淋漓「夢」一字九十翁の生ゆるぎなし

こんな日は雪よというに間もあらず白きひとひらふたひら、無限

弥生三月

然はあれどいのち守られ戻り来ぬ弥生三月わが生まれ月

新薬の恩恵まして母父《おもちち》の守り給える　わが生きている

白梅の香りこぼして傘たたむ今日というひと日二度とあらなく

湧水を汲みおき朝なさ茶を淹れる　二人のくらしに戻りて長き

春雷の一喝ののち夜の静寂《しじま》　たまには父に叱られたかった

歯痒がらせる娘でありき　闊達の母に似ざるは一世の不孝

わたくしの生のすべてを抱きとめ沈黙のすみかよ水仙凜々《りり》たり

風　花

青空より降りくる二月の日光に光彩無限かざはなの舞う

唐突の邂逅にも似て風花の誘《いざな》いゆくかひとりの空間

いっときの光芒放ちし関東州　生《あ》れて育ちて　地図より消えて

渾身の父母の生あり祖国あり　明治大正昭和平成

奥つ城にふる風花の光りつつ忽ち消ゆる潔きかも

原風景

国破れて山河はありき身一つの帰国すなわちわが原風景

一頭だに還り来ざりし軍馬の像桜しき降る夜を慟く

母の背の弟を売れと幾たびか言われしことも遠し大連

柱の傷兄弟五人の成長の証しそのまま捨てて来しかも

引き連れて帰り来たれり三十七歳の母渾身の戦後にてありき

「慢々的《マンマンディ》」の大陸育ちを是とするも否とするとも空は空色

八月

ざわわざわわと高粱《コウリヤン》畑に風吹きて満州野《ますの》に赤き日は沈みけり

校庭に首垂るる向日葵　天地鳴動明日の命は誰も知り得ず

天を突く大男と見き敗戦の恐怖の具象、ジープより兵ら降りくる

召集の四月《よつき》の後の終戦を況んやソ連の侵攻あるとは

寄るべなき棄民となれりいち早く雲散霧消の関東軍はや

たまきはる生命守りて帰り来ぬ敗れし祖国に山河菁菁

名は確か辰日丸《たつぴまる》とぞ船艙に無辜の民らの生命運びし

日付変更線越えて大海帰り来し遠き戦の続きを生きて

暗号は全て解読されいしとかの戦の愚今さらに聞く

駆け寄りて復員の父に縋りたりまざまざとわが八月の景

シベリアの厳冬四たび細りたる父を迎えき敗れし国に

八月は鎮魂の時白木槿咲きてこぼれてなお咲きつづく

日本が見えたぞ!!

敗戦の恐怖の実像　声高に銃構え入りく土足の兵らの

乳呑み児の末弟売るとう選択肢あったやも知れず　杳かなり大連

日本が見えたぞ!!甲板に駆け昇るこの一瞬のため生命繋ぎ来

終戦は関東州の北辺皮子窩《ひしか》で、国民学校五年生だった。二十年四月、ソ満国境守備のため父は応召その消息は一切不明。旅順中学一年の兄を頼りに母渾身の生はあった。五人の子を連れ全員無事帰国(昭和二十一年十二月十日)、後に父もシベリアより生還した。

うた新聞　特集「引揚者のうた」　26年8月号　より

秋

波音に序破急のあり逝く夏の名残りのように夢の初島

秒針のかたと動けば日が変わる未来というがひと日減りたり

黒卵大涌谷に人群れて何の保証か求むるらしき

目の前に降りし遮断機つじつまの合わぬひと日の終章めきて

街道に振舞われおり茸汁　出生地大連戦塵に消えしよ

身じろぎのたびに湿布が匂うかな彼の日霹靂のごと母失いき

海を見て帰りし夕べ金木犀の今年の香りが包んでくれる

一樹たつ

湯上がりをゴム毬のごと薔薇のごと嬰児《みどりご》はずみてわが手に余る

乳房押さえ力いっぱい飲むからにこの絶対に勝るものなし

人の子も仔犬も光放ちつつ夕日の原をわがものとせる

透明の空《くう》をきり裂き少年の一途なる意志伝うる白球《たま》は

あら草の土手登り来し沢蟹の忽ち小さき手に捕らえらる

符号めく言葉も書かず思い深し白紙のままに日記帳閉ず

羽ばたきは何のためらい不意に向き変えたる鳥は空截りて消ゆ

声とがる今宵の会話危ぶめるいま一人《いちにん》のわれの冷静

闇の街のそこのみ明しコンビニの水槽めきて人を泳がす

待ちくるるも追いつけば即歩み出す点と線との繋ぎ目に夫

登り来て標高またも確かむるほめたき己見出ださんため

びしびしと家のどこかが音《ね》を上ぐる刃物めく月と呼び交わすらし

一灯の点滅はげし夜の道のそこより異界か星すでに飛ばず

所詮こんなものよと河原の枯れ薄ほがらほがらと穂絮をとばす

目を合わすほどの大事も稀にして花鳥・寒暖言い合いて日々

これやこの行くも帰るも老いの坂、坂の上にぞわが家ありぬる

一樹立つ冬青き繁りに雪降りて予祝のごとし暮るるは未だ

五風十雨

五風十雨を恃みて作る夫の農　庭のかたえに豌豆の白花

朝々を椀に放てる庭の菜緑冴えたり　野に出でんかな

丹沢に湧水汲むと朝戸出の夫を待ちつつ〆切稿練る

受験子の朗報待たるる今朝の空飛行機雲の直線太し

朝顔の葉書買いたし返事書く一と月半ばを病棟にありて

仕切られし一人分の天井見るばかり　見ること叶わぬわが背の疵の

いまひとつ為さねばならぬ　もの書くに床頭台の高さ定まらず

ひととせの熟々《つくづく》長し穴出ずる熊にも似たり花野に立てば

海風の激しさむしろ嬉しかり十倉海岸花あふれ咲く

遅々たりしわが生きの日々追い越して桃の花咲く宰相が替わる

出雲より届きし若布春の色鬱屈すでに空に放ちて

物置けば寄り添うごとく影生《あ》れて二人で暮らす日々はありけり

Ⅱ

萩のトンネル

咲き垂るる花に触れひとの肩にふれ萩のトンネルそぞろゆくなり

郵便配達素通りしてゆく秋の午後金木犀がひとしきり散る

江の島の土産店並ぶ坂の道夫婦饅頭の湯気白く立つ

春落葉そそと散りくる境内を巫女の緋袴小走りにゆく

写経せんと坐すれば心おのずから澄みゆくものぞ洛北の寺に

捨つるべき恋あらば君ここに来よ大原三千院みどり愛《かな》しき

何年か後となれれば若かったあの頃よと現在《いま》を懐かしむだろう

出会いあり別れありそは来し方の折々を飾る花のいろいろ

行く雲

行く雲に思い托してつくづくと見つつしあれば眠たくなりぬ

水平線定かならねば鈍色の空の半らを船航くごとし

冬畑に二畝ほどが起こされて生命ふくふく育むらしき

「おばんです」電話の向こうにふるさとの海が見えます風が鳴ります

赤き糸に確かに結ばれいたるらん若き父母想うは眩し

真綿とう懐かしきものあり母の手が優しく風邪の喉巻きくれし

長編のどんでん返し秋の夜をそれはないよと眠られずいる

塩まみれの鮭がかなしみ連れてくる冥く貧しき戦後はありき

誰も誰も若く貧しくありたるよ戦後というを時に恋おしむ

お守りと恃む形見のエメラルド母に似る指節高くして

咲き満ちて

咲き満ちて水面に迫る桜ばな耐うる極みか一花も散らず

蜜を吸う鳥の散らせし桜花全き形のままに地に落つ

さなきだに鬱々とあれば千鳥ヶ淵の桜も人も襤褸のごとし

丈高き木々の根方に群れ咲けるかたくりにはつか朝の日およぶ

幹高く小啄木鳥《こげら》の彫りし丸き穴中は覗けぬ幸せあるらし

目の眩む高きを昇るエスカレーター後ろは地底に過去となる闇

あと戻りはもはや叶わじ一通の手紙の重みポストに落とす

素心臘梅

幾つもの気泡となりしわが思案寝屋《ねや》の闇まに浮かびては消ゆ

春の野に穴深く掘り叫ばんか秘め持つものの時に重くて

今少し己が力を信じよう素心臘梅はつか匂えり

冬越して咲くを憩《やす》まぬパンジーの黄色ひときわ勤勉なりぬ

*

勢いの余りて共にまろびつつ抱き止めし児の日向の匂い

手ばなしに涙ほろほろこぼしおり悔しさをかく泣き得る幼よ

無邪気とは神に近きか幼孫のつぶらなる瞳《め》にわれは射られぬ

＊

横浜の動物たちに挨拶と大声張りあぐ博多の孫は　横浜ズーラシア

誇らしげに孫の机上の『ハリー・ポッター』ばあばはなかなか貸して貰えぬ

水は白濁

ラグビーのボールのように不規則に弾む危うさ常に引きずる

結論を出さねばならぬ鉛筆の芯時かけて鋭く削る

言いそびれしひと言重しきしきしと米とぎおれば水は白濁

最晩年の日誌見つかる晩年とは三十歳なり中也絶唱

腕時計忘れた手首うそ寒し把握できない時間《とき》見失う

暗々と緑よどめる街川の海に出ずる日夢見てあらん

喝采の形に己を誇示するか紫木蓮に少し圧倒されつつ

東京に気負い生き来て独り病む友に戻りく故郷《くに》訛かも

二人いて言葉なき日のむなしさを月下美人の香はきつすぎる

対角線上の憂鬱

絵てがみに添うる言葉の明るさの対角線上に憂鬱がある

ありったけの悪口己に吐きしのち五体不思議に軽くなりたり

満月の肩にかかれる星一つ己の光失することなし

樹齢七百年名木の洞繕《うろ》える銅板厚し共に老ゆるか

修正液に消されし手紙の文字一つ探らんとして心危うき

海原へ翔たん構えかエトピリカ夏羽ととのえたりしも　檻なる

回遊魚の狂気にも似る隊列に背き遊べり幼魚数尾は

庭石に危うきさまの鵯のいて仰向き啄む万両の朱実

酸強き山の出で湯の眼に沁みておき哀しみ甦りきぬ

輝ける若さというは羨しかりたとえ時分の花といえども

眼下に学童の黄の傘の列雪降る町にミュージカルめく

差別なく射せると思えど陽を返す波の輝き一様ならず

ご破算で願えぬゆえのしがらみの初夏を冷たき雨降りつづく

遠近両用

見ましきもののみを見よ遠近両用の眼鏡は美しき紫を刷く

鬱屈は風が持て去る相逢えばいつものように君は笑まいて

〆切に追われて成れること幾つ金木犀は不意に香に立つ

湿原に揺れやまぬ雨の吾亦紅危うきはわが心なるべし

口重く讃うる言葉足らざれば庭の芍薬いじけて咲ける

昨日《きぞ》と今日の間《あわい》あかあか灯ともして老いを重ぬるうつつ思わず

用無くも逢う約束を一つする「明るい日」と書くあすを恃みて

渓深く人の声あり吊り橋に空ゆくごとく風に吹かるる

身の丈に似合わぬ大き花咲かす矮性コスモス　夕べ冷えくる

短絡かはた迷走かわが脳の指令が言葉となるまでの回路

新聞歌壇読み終えパズル解き始む電車隣席の媼凜々

捜しもの

そんなところにある筈はなし窮極の捜しものとは私の心

決断は素早し不意に翔つ鳥の声なき群れは森指してゆく

絶食という検査過程に身を置けば鬱々とかえる飢餓の時代の

梅ジャムの甘酸き香り充たしおり平穏というはこんなことかも

坐像菩薩のそびらに覗く御足裏まざまざとみて不意に身近し

一山を覆いて鳴ける春蟬に耳は慣れつつわれも一木

冬越えしシクラメンの細き茎ひたすら春陽を求め傾ぐる

木の姿見えねど風に花片の舞いおり風評というは人の世のこと

出格子の古りし軒場に吊られいる酒林《さかばやし》より夜色深まる

ノブの音夜を軋むにたじろぎぬ原罪というが不意に甦るか

鵜飼

闇を裂き奔る鵜舟の篝火の火の粉荒々川面に散れり

空腹の極みを手縄に統べられて鮎呑みこめる鵜の首細し

山上にライトアップの岐阜城の彼方に繊月刃めきたる

半眼に見下ろし給う大仏に対きてしばしを無に居んとする

*

白神の森ぞと車窓に見上ぐるに大樹の葉末煙らせて雨

青々と林霽れゆくたまゆらを雫はじきて樹々は背伸びす

群れ生うる羊歯はジュラ紀の裔なるか奥入瀬渓谷奥深く息づく

日本海に夕日沈むを見つつおりかたえの草の穂光り放ちて

嫁っこも童《わらし》も泣かせ罪深しなまはげ叫《お》らぶ声か聞こゆる

朝光

カーテンを洩る朝光がわれを射るスタート常に遅れがちなる

変らぬと思うは錯覚がんじがらめの固き蕾も瓶に開きぬ

反論を為し得ぬことに己萎ゆ咲くとも見えず白き侘助

言わぬ言えぬ言葉いくつは胸うちに泳がせ夫婦《めおと》という歳月は

これしきの山道くだるにもう膝が笑う馬酔木の花房咲《わら》う

鉄さび色に濁る出で湯に身を沈め濁れるゆえの安けさにあり

もしあの時、それから先を空想に綴る不遜を許されよ神

抛物線

抛物線を描き落ちくるバドミントンの羽根一瞬を夕日に吸わる

たまさかに古き返り文《ぶみ》手にとるに行間にわが若き日は顕つ

冬の陽にさざめき浅く流れ来てここより一級河川に呑まる

暁の冷え著き床にまるまれば杳く幽かな母の胎内

うたた寝の醒めてわが非を唐突に悟りぬ夢は何も告げねど

息を吸って止めてと技師にうながされあばかれいるは或いは心

たかが風邪されど風邪なり渡さるる薬の嵩の穏やかならず

遊びのごとく

ことごとく葉を落したる槻の木に遊びのごとく宿木幾つ

枯々の野に立つ一樹の凜々しさにあくがれにつつ道未だ見えず

吹き上ぐる風に残りのもみじ葉のしばしを舞いて谷に落ちゆく

粛々と物捨つるべし物の無き世を永らえて来は来つれども

抗《あらが》いもここまでとせんかふり返る道それなりに花も実もある

つづまりはそこに落ち着くわが思惟か石蕗《つわ》の穂絮の未だも飛ばず

青空より

青空より降り来て穏し秋の陽の嘉《よみ》するごとく碑《いしぶみ》包む

桜紅葉陽に光りつつ舞いかかる静枝の歌碑のまろき肩の辺

ちちのみの父の生《あ》れたる家なりき町なりき今日を訪い来つるかな

しみじみとわが町なりき戦後という遠き日日命育てし

栗駒を雪閉ざす日の近からん山頂の雲少し動きぬ

*

言い直しは許さるるまじ街川の昏きに言葉幾つを捨つる

梟に知恵を授かり少しだけ大人になりしを誰も信ぜず

花馬酔木揺れやまずなり含羞は時経て不意に身をつらぬけり

二世議員ずらり並びて日曜のテレビ討論　明日が見えるか

ランプの宿

行く秋や戊辰の役の城跡に近藤、土方、菊花に舞えり　二本松菊人形

「この上がほんとの空です」標識の上空《うえ》安達太良の昼月著し

吹きっさらしのリフトに登る岩木山振り向けば一望津軽荘厳

岩木山の岩壁《かべ》にはりつく鳳鳴の砦、若き岳人の魂を鎮めよ　鳳鳴高校遭難の地

みちのくの旅の秋思かわが夫の初めて書きぬ短歌らしきを

海と陸《くが》との交わるところ一線の画然として流麗七里長浜

「よぐ来たねし」ランプの宿の夜は長い熊に出遭った話など聞き

杳き世の闇と光ぞ人らみなランプの下に鎧うものなく

ハタハタ館にぶりっこ噛めばパリパリと童心は返る静かなり日本海

沙羅咲いて

汽水湖の波に洗わる朱の鳥居朝鳥嬉々と空翔りゆく

沙羅咲いて沙羅散り敷きて静謐の井伊家菩提寺梅雨の雨降る

小堀遠州の庭一木一石端然と歳月はただ風の如しも

葉薊の花凜然とありしこと近藤芳美の訃と重なりぬ

一山を占めて鳴きつぐエゾハルゼミ耳に慣れつつわれも一木

*

一陣の風のもたらす恩寵か吹雪のごとく桜降りくる

国民学校というわが母校サイタサイタサクラとともに永遠の幻

身震いて花片々と散らす木よ或いは余剰を持つを拒むか

ふと覚めていま在ることの不確かさ夜の闇は過去のいずくに通ず

川土手を一直線に菜花の黄　私の論理はいつもちぐはぐ

それはそれ　今日は畢んぬ沙羅の樹の白花咲かす明日を侍まん

百年の孤独

突堤に鷗一列冬の日の穏やか過ぎて翔つに翔たれず

「百年の孤独」を水で割って呑む　知り得ざること世に多過ぎる

以上でも以下でもなくて花は咲き昨日に変わらぬ今日を生きたり

遠き日の心の残影見るごとし本棚の隅に岩波文庫

赤茶けし文庫本はた古りし手紙《ふみ》　やっぱり捨てるわけにはいかぬ

軒先の竿伝いゆくつがい鳩に遅き朝食のぞかれている

「藤沢周平《しゅうへい》」とあれば是非なし締切の幾つさておきテレビに対う

海坂藩の何辺ならんや若き日の夫単身赴任の幾年がある

空爆予告

空爆予告の刻を過ぎたる不気味さよ中継に見るイラクの静寂　二〇〇三年三月

全世界の耳目集めて暁闇のイラクの天に紅蓮の炎

代るもの無き絶対の命なり尊き生命また奪わるる

両手頭に投降続くイラク兵逆光なれば表情見分かず

冬日背に顔見えぬ人湧くごとし遠き戦火の轟き止まず

お台場夜景

ドル換算得手ならざればため息を讃辞となしてお台場夜景　百万ドルの夜景

運転手《キミ》も車掌《ボク》も要らず「ゆりかもめ」一本のゴムのレールを自在に往き来

東京港に横たう宗谷の艫近く透ける水母の光《かげ》曳く淡し

戦火くぐりはた南極の海渡り来し宗谷老いたり人を遊ばす

動く歩道消ゆるところをあやまたずまたぎて雨の新宿駅頭

地下深く大江戸線は突っ走る常夜の国の果ては江戸城

高層街に仕切られて在る小さき空藍の深さの限りもあらず

乗り違えし高速《こうそく》道路は渋滞出口遠し上から大き手摑みくれぬか

旅の誘い

蔵王への旅は如何とはやばやと秋の誘いの届くきさらぎ

猪が筍掘りに来るという京の歌人の庭の痛快

のど赤きつばくらめ既にみんなみの空に帰りぬ茂吉の生家訪う

茂吉少年の凧絵など見て思うかなそれより後の彼の一生

録音に流るる茂吉の声親し訛りすこうし「命なりけり」

＊

内蔵助に通わん思いに城門を返り見すれば鋭き青葉風

息継ぎの井戸とし史実伝えつつ今はも確たる現《うつ》つを映す

虚も実も語り継がれて赤穂なる町すがすがと夏木々の中

*

ぎんぎんと京の町衆の心意気梅雨空押し上げ祇園祭《まつり》鉾ゆく

遠見えて白さびさびと泰山木の花さかりなり京の街ゆく

「ねねの道」歩み来たりて「羽柴」とう構え古りたる暖簾をくぐる

矍鑠と白川静先生壇上に集えるわれらの心奪いて

ポトナム京都大会にて

冬の雷

美しき裸身めくなり鱗なき 鱩《はたはた》 冬のいかずちを恋う

深海に生れたる魚を夕べ焼く「百年の孤独」少しあたため

塩汁鍋《しょっつるなべ》ぐつぐつ煮えておもむろに秋田男《おのこ》の酒となる夫

「秋田産」の表示信じて山独活の太きを購う故郷《くに》は元気か

張り強き海鞘《ほや》割《さ》く一瞬水とびて海の匂いが厨に満つる

*

またねと言い別れ来たれり「また」という未来に託すこころ何色

書きて消しまた書きて直す夜の更けを鉛筆はBがまことよろしき

歌詠むを人には勧め空っぽの己が手のひら冬日にかざす

春の明るし

豌豆の蔓にたわむれ花となる初蝶の白生命《いのち》透けつつ

三椏の限りなく三つに分かれつつ花開くとき春の明るし

ひとを待つ甘やかなる刻甦る夕べ嫋々と響《な》るトランペット

終の日の矜恃かなしき沙羅の花全き姿に地に落つ　白し

青き背の蜥蜴消えたる草むらの生命さまざま育みていん

音のみに沿いてしばらく下り来て不意に青澄む谿川に逢う

遠山に雪残りいて車窓近く百花は咲ける会津はつなつ

水面低く掠め飛ぶ燕さながらに映る緑を啄むごとし

天下茶屋

日をひと日右に左に富士仰ぎ巡り来たりて今宵を眠る

卯月半ばを新雪白く被きたる富士には桜がよく似合いたり

「天下茶屋」の窓に見る富士誰か知る朝夕《あした》べに太宰治《だざい》が愛でし

春雨に濡れてゆくべし箱根古道　茶屋の甘酒湯気ふくふくと

大切の着物を解きて仕立てくれしわが春の服絞りが匂う

母のこと語るともなく語りつつ妹と観る今年の桜

伊万里の皿の藍色のひと語るらく過ぎにしはまた夢の夢なり

燭を掲げん

純白の微光放ちて咲く梅のめぐり十方貴《あて》なる香り

水平線を離《か》りし朝日は燦然の光の帯をわれへと延ばす

白木蓮の莟ふくふく陽を吸いて今か開かん燭を掲げん

覚えなきわが少女期を克明に語りくれたりコーヒー酸ゆき

進歩という歩みに遠き身めぐりよ母の姿見重々とある

指示されし道来つれども標《しるべ》なる一木すでに万緑に紛る

百日紅の一途の夏は始まりぬ日輪ぎらりと雲寄せつけず

ためらわずティッシュ貰うも確かなるわが性《さが》として影曳き歩む

三陸の海に生《あ》れしを涼しむと夕餉の菜に海鞘《ほや》の三つほど

七つ星灯に光らせて天道虫ふみ書くわれを惑わせにくる

清流四万十

足摺の夕景見せんと車馳す一会の君の土佐弁ぞよき

足摺の七不思議なるを碑《いしぶみ》に読みつつ椿のトンネル抜くる

舟べりを打つ波清し四万十のみなづき尽日よきひと日かな

モーター音止めてしまらく耳澄ます清流四万十の河鹿鳴く声

如何ならん便り運ぶや沈下橋を渡るバイクの赤の残像

*

紫は水に映らず花菖蒲太宰府天満宮神橋渡る

全天の樟の青葉よ道真を杳く偲べば風じんじんと

格子窓の向こうに白秋いるような白壁の家　柳川初夏

傾ぎ生う栴檀・柳に手触れつつどんこ舟にゆく薫風のなか

さはさりながら

定家葛の香に噎せながら今日のこと明日のこともさはさりながら

頰杖をつく高円寺の子河童像小径に見送る行き帰る人らを

楡の木よと見上ぐる頬に緑さし友の歩みの少女めきたり

緑陰に昼を灯せる異人館歩めば明治の空気か動ける

港の見える丘

海に向く異人の墓のさびさびし遠く銅鑼の音聞こえたような

賜わりし酒持ち帰ると先触れをしてより後をゆっくり戻る

エンジンのかかるに遅きわが思考　入梅《ついり》を待たず梅は色づく

残影幾つ

九十九折にいろは数えて登りゆく俗界清々離《さか》りゆくかも

初秋の標高一二〇〇気は澄みて湯滝に淡き虹のかかれる

バスの窓に残影となる神橋の朱、緋袴の巫女、日光深緑

巌頭に叫びしという「人生不可解」華厳の滝は空より落ちくる

砂の上を砂の奔るに風紋は残りて著し逗子春嵐

爪先上がりの「蘆花散歩道」折々の季《とき》を記せる流麗の筆

今年竹の節に残れる白錆びて春陽穏しき武相荘《ぶあいそう》はも　旧白洲邸

「太刀洗いの井戸」暗々と樹下にあり鎌倉に至る切り通し険し

林立の髙層映す潮入の池の面ときに鯔の子跳ねる

風少し潮の香はして葦の穂の間《あい》より生《あ》れしか蜻蛉ひとつ

トキの歌碑

天よりの贈物ならんほっこりと二日《ふたひ》の好天、佐渡へと参る

朱鷺の島に「トキの歌碑」建つ鷺山荘文学碑林に除幕式進む

芝谷幸子先生

清らかに女人宮司の声透り除幕の神事厳かなりき

「継続は力なり」とぞ身をもって示し給えり秋明《さや》かなり

宴終えて余韻穣々みなとみらいの夜景にしばし心を放つ

合同歌集『花あかり』出版記念

水平線にのっと顔出す満月にきらめく夜景鳴りをひそめる

椅子の背に寄り添い望みし四季の富士　君の定位置茶の美味なりき

駆け抜けて今はも自適の君なりきピンクのマニキュアよく似合いたり

*

自らをコスモポリタンと謳いし師着地自在に九十五歳《きゅうじゅうご》の春

Ⅲ

雪空

恩寵として冬の陽はある雪空の暗く重たき故郷は遠し

雪国を捨つるにあらね陽光の横浜《はま》に住まうを幸せとして

身の裡に起きたることの大小を量るは難し寒波来るらし

虎落笛聴きつつ寝ねしふるさとの氷柱は今も育っているか

もう無理はしないと決めて一月の暦ふわふわ迷《まよ》い子となる

途中降板

あの笑顔はた唱う声泛《うか》ぶなり大会申込み開く喜び

ポトナム横浜全国大会

思わぬに伏兵はあり途中降板の松坂投手の無念われに重なる

引継ぎはつつがなかりしか思いのみ先行しつつ入院日迎う

励ましを贈るつもりがおくられて梅雨の晴間を太陽きらり

プログラムを空《くう》に繰りつつ今十二時　病院食は意外に味濃し

見舞いくるる身内、 友らの嬉しかり素直に受けて日々を過ごせる

嬉しきは入院食に西瓜かな上げ膳下げ膳人に頼りて

退院の部屋整えんと夫や子の吾《あ》を待ちくるる家に帰らな

加藤登紀子の歌など流れ点滴のベッドに秋の半日昏るる

歩行器も杖無くもほら歩けるよ梅雨明けの空まぶし過ぎたり

重き荷を引きゆくごとくガラガラと点滴台を今日も伴とし

この世の息

とおくと・ほ・く人の声する麻酔さめてこの世の息を吸いにけるかも

目標は完治!!言い切る若き医師につき平らかなりき病床にあれど

相棒は新薬リツキサン点滴台を頼みて五時間　時は過ぎゆく

話すこと特になけれどあら今日は顔を見せない夫なりけり

あり余る時を持てりと思ほえど五音七音空廻りばかり

日々年々紡がれてゆく三十一《みそひと》の文字に無限の配列がある

*

さりげなく連れ立ち顔出す娘一家孫の成長まこと眩しき

子供らに運転任せゆっくりとたまには御酒を召し上がれ君

主婦としてはるかに吾の上をゆく娘にとっぷり頼ってしまう

空気清浄器はたまた電磁マット等携え息子の帰郷いくたび

凜々しかる剣道着姿の孫の写真ばばへ一声喝入るるべし

博多より優しき手紙《ふみ》くる無聊の日慰めんとて息子の伴侶

萩の風

試歩の足少し延ばして下校の児見送る道に萩の風吹く

陽の享受もっとも著きひとところ唐楓紅し秋は来にけり

あの花は何ぞとバスに往き復る知らないままがいいこともある

右するか左か遅き朝食の口にはじける韃靼ふりかけ

賞味期限延々長きを先ず恐る青々として冷凍いんげん

大いなる冬のメロンを卓上に香り立つ待つ待つこと楽し

尾と頭こころもとなき海鼠一匹包丁もつ手のいささためらう

孤高の白鳥

群れる鴨　孤高の白鳥　悠揚の諏訪湖初冬小雨降るなり

自画像の大きな瞳ローランサンの見詰むるその先窺いしれず

ゆくりなくマリー・ローランサンに出逢いたり蓼科高原冬の気澄みて

信濃なる漬物美味し茄子・大根・縞瓜・小梅まして草石蚕《ちよろぎ》の

*

三渓園の池なる孤舟に彫像のごとき鵜が居て昼静かなり

破れ蓮の根方にしんと親亀子亀、孫亀もいる平和の象《かたち》

つらつら椿

雄三通り折れて四、五分椿咲く苑あり湘南らんまんの春

呼びとむるはつらつら椿つらつらに謳っているよ生きていること

校庭を桜花びら一斉に走るよさながら目的持つがに

出口一つ作れば風はいきいきと部屋透りゆく花の香などさせ

抗いもここまでとせんか振り返る道それぞれに花も実もある

飴色に林檎煮つまる夜の厨哀しみはすでに癒されていつ

今日はいい一日だった夜の部屋に馥郁として風信子香る

著莪の雨降る

ゆくりなく国会通りを往き帰る夏から冬へそして春来る

いくばくの活字に執せし眼を放つ日比谷公園著莪の雨降る

脚註の活字は７ポ、市政会館地下一室を仕事場として

ルーペもてルビを確かむ秋霖の午後をいささか眼が渋い

松本楼の夕日の卓にビールつぐコツ教わりぬ緑陰濃かりき

風の形

一瞬の風の形を見せながら芽吹く柳のいのちたおやか

光りつつふるえつつ散り急ぐのか今年の桜という一度っきりを

秒刻みに追わるる人らか駆けのぼるエスカレーターの先　如何なる世紀ぞ

昼眠し朧の中に身を沈め覚むれば三年経てるやも知れず

潮干狩の人・人・人ら一心に地球にたわむるごとく砂掘る

*

灯の入りて有象無象が溢れ出す街を帰らな看取りの後を

破砕とう電気鞭打三千発、罪状は腎に石の隠蔽

無音の荒野

帰り来てその時不意の大地震玄関にただ坐り込みたり

テレビ画面声呑みて見る現実と思《も》えず諾えず身動き出来ず

人も家も形あるもの一切を攫うか音も匂いも伝わらねども

ビル屋上に船が家屋が乗っている津波の後の無音の荒野

「なあんにも無くなっただよ」茫然と立つ老いの背に雪降りかかる

節電の電車の窓より青葉風、町のさざめき、昭和の匂い

鯉幟がれきの町を泳ぎおり大きな丸い眼が泣いている

あれ以来いいことは一つも無かっただ、残されし一頭の馬の背なでつつ

飯館村にて

報道はされずも数多悲しみの、慟哭のあるらん、桜《はな》は畢りて

*

引き受け手無きまま歳月無意に過ぎ瓦礫の山裾ものの芽出ずる

原発禍の怖れの中の収穫ぞ豊葦原に秋が来ている

被災地の酷寒やさぞ　ララ物資に寒さ凌ぎし遠き日ありき

めちゃめちゃになったあの町あの時に生まれた生命三歳になる

水の脅威まざまざと残す水位線海辺の店々記憶を残す

不思議な空間

まどみちおの天衣無縫の一書読む眠れぬ夜を不思議な空間

「?」と「!」あればひと日は全てよし、百歳の爺の哲学がある

ありふれた暮らしの私、沙羅の樹に白花日ごといのちをひらく

あの時もこんな暑さの日だったね　母の墓前に時計は戻る

ねじ花のらせん階段昇り降りコロボックルが真昼を遊ぶ

先ずはそれ数独解かねば始まらぬ為すべきことの山程あれど

このたびはレベル5《ファイブ》の難問ぞ解けてわたくし少し誇らか

露天風呂にぬくぬくといるは日本ザルさても言いたげ「一杯持てこよ」

千本格子

阿部静枝の生地にひとを案内して秋のひと日の芳潤はあり

明治十一年築とう静枝の生家なる千本格子に陽は穏やかに

歌碑除幕式の一枚の写真に刻されて昭和四十八年凛然と立つ

肩まろき歌碑に手置けばうち深くこみ上ぐるものおろそかならず

少年なりしわが父不意に顕ちませる宮城県登米郡石森町、わが生の起源

引揚げて後の一年父を待つ、日本国の人らに守られている実感

旧友

「キカン坊が一人居たっけ」「それはボク」五十五年の後の集いは

小学校クラス会

「恐かった」口を揃える思い出の「をんなせんせ」のその後を知らず

面影はそのままにして手繰り合う記憶に不意に敵機襲来

*

からくれないの市ヶ谷の昼の同期会みんなみんな歳《とし》とりました

高校同期会

ぼうぼうとありたる秋田の四季なりきセーラー服は足並み揃えて

*

岐路幾つありたるものをわが選びわが歩み来し道ぞこの道

雪降ると見えて白梅はや散りぬ地球時間の進むに迅し

木々の芽のひとつひとつが意志もてるごとくに光る雨霽れてののち

柴舟会

柴舟を頂点とする歌びとら熱く語るよ眩しみて居り

柴舟に歌はた書など学びたる伯母なりほそほそと仮名文字優し

柴舟著『日記の端より』 教本に研究発表、 頑張ったなああの頃

母校の校歌作詩は柴舟（尾上八郎） 口ずさむ 〝我等《われら》乙女《をとめ》は睦み合ひ…〟

秋田北高校

神作光一先生瑞宝重光章受章さるきららかなる一夕胸に温とし

滔々と実朝語る神作先生負けじと鳥語大樹より降る

柴舟会の輪の拡がりに在りありて『平野宣紀二百首』一隅に加えいただく

光りつつ

信じられぬ信じたくない、夏の雷轟くに似て訃報奔りぬ

折に触れポトナム通巻一〇〇〇号の構想語りし金子元英《せんせい》なりき

般若心経に和するか苑の蟬しぐれ秋草忌の墓前立ち去りがたし

阿部静枝

さみどりに芽吹ける木々の揺るる影『祭は昨日』の碑の面に届く

顥田島一二郎

「風のように旅立ちました」介護の母送りし友の声静かなり

唐突に恩師の訃はあり　数学が好きだったわたしの遠き風景

すでに届かぬ言葉抱えてゆく道に蒲公英の絮光りつつ飛ぶ

*

耳をつき知らせは届くへきれきの如く秋の日　君はもういない

恒松禮子さん

病める日も健やかなる日も澄む目して声音優しき君にてありき

「ありがとう」と「だんだん」ばかり言いいしと君の終の日聞きてまた哭く

小崎碇之介《せんせい》の海洋短歌いまに鮮らし最晩年の弟子なりわれは

新駅

地に潜りし体感もなく降ろされて渋谷新駅地下五階なる

乗換えは迷路辿らな新駅に時間も人も行ったり来たり

もう空へ伸びるほかなきビル街に奇蹟のようにタンポポの咲く

譲られて憮然たる夫宜《むべ》なるかなわれは素直に座席に沈む

水割りは丹沢の湧水あればこそ　自説持つゆえ夫の山行き

また来よと蝶待つ庭にふたたびは来まい　なべては駈け足で去る

自由が丘の珈琲店に今日を居る雨降る見つつ時は止まりて

七十億の中の

就活も成人式、進学、孫達の眩しき成長　辰年明ける

七十億の中の二人とある日ふと五十幾年を振り返るなり

杳き日の謎を解かんと思ほえど其《そ》を知る人・人…　みな鬼籍なる

美しきかたちのままにわが胸に刻しおくべし謎は謎なり

病む妻をとつとつ語る手紙来る無限無比なる愛閉じこめて

オスプレイ

歯ぎしりも怒りも何かはぎらぎらの八月の空を飛ぶオスプレイ

敗戦を振り返るとき十歳を健気に生きるわたくしが居る

沖縄のがまの幾つの現実をドラマに視つつ悲・憤・八月

疑うことすら許されず戦場へ向いし生命よ八月がまたくる

白球一つに勝敗決する球児らよ八月真夏の太陽に何の差別があるものか

*

差し交わす万朶の桜空に満ち遠き戦が見えかくれする

せかされて一方通行千鳥ヶ淵の池面に重々枝垂るる桜

鹿児島

初めての鹿児島の地ぞ陽光も風の違いも身に沁み透る

築百年の友の家なり日々は即ちみ祖先《おや》を守り凜たり

鹿児島湾をフェリー進むに桜島姿変えつつ悠然とあり

道筋に限りなく続く灯籠の知覧の町に息つめて入る

時代とう避けられぬ狭間にただ一つなる生を生きにし若人よ、知覧

壁面を埋むる写真の誰も誰も眼涼しよ　見つむるは何

明日ある道

いちにんの生を見送る儀式終えてんでんに帰る明日ある道を

一人《いちにん》の訃が呼び寄せるはらからのかくも等しく老いは深みて

真闇裂き走る列車に乗り合わせまた散って行く人の生命の

網棚の乱雑の中に夢がある麦わら帽子少しひしゃげて

＊

仕舞いおく添削歌稿古びつつ流麗の朱筆は今に鮮らし

書き順も喝破されいて初心なるわれの一途を懐かしみおり

みちのくの旅

しばらくの無沙汰ののちの逢いと決めみなづきみどりみちのくの旅

雪形の痩せて鳥海山《ちょうかい》夏姿優美ことさら青空に映ゆ

「そうですの」「しばらくでしたの」語尾に添う「の」の優しさに涙ぐみつつ

何処《ど》さ?・湯さ。　簡潔こそよし先人の雪の重さに負けぬ魂

酒田大火の鎮魂を祈る先師の歌碑　彫跡深きを指になぞりぬ

斎藤勇先生

見はるかす青田の彼方に出羽三山瑞穂の国のはつなつ讃歌

庄内の香りふくふくだだ茶豆　北の縁《えにし》を卓に盛り上ぐ

ひまわりの迷路

ひまわりの迷路にうかと置き忘れ取りに戻れぬ若さというは

人影の無きを確かめ思いっきりぶらんこを漕ぐ　夕日が眩しい

片々と花散りくるはいずくより母の声するような青空

「短歌新聞」終刊の報時ならぬ雷鳴の如し　その功や称えん

今年限りの賀状とことわる師のくせ字半世紀前のまんま温とし

賀状届くだけでよろしもこの地球に生きて何処かでつながっている

ひそやかに自祝の一輪冬薔薇《そうび》万人に万の過ぎゆきはありて

跋

ポトナム編集人・選者
藤井　治

人の子も仔犬も光放ちつつ夕日の原をわがものとせる

声とがる今宵の会話危ぶめるいま一人《いちにん》のわれの冷静

一樹立つ冬青き繁りに雪降りて予祝のごとし暮るるは未だ

平成十一年六月号のポトナム誌の巻頭を飾った白楊賞受賞の舟木澄子連作「一樹立つ」二十首の中の三首である。第I章末尾に同じ「一樹立つ」の題で何首かを載せている。すでに十五年前、舟木澄子さんはポトナムを代表する歌人の一人となっていた。

五風十雨を恃みて作る夫の農　庭のかたえに豌豆の白花

遅々たりしわが生きの日日追い越して桃の花咲く宰相が替わる

ポトナム平成二十一年八月号は一〇〇〇号記念誌の特集の一つとして白楊賞作家たちの作品を十五首ずつ載せている。その時の連作「五風十雨」の中の二首であり、第I章の最後尾に「五風十雨」が載る。

ここに取り上げた五首だけからも舟木澄子短歌の特色が垣間見える。可愛いいのちを詠んでも人間関係や自然の情景を詠んでもそこに自分を重ねて醒めた目で見詰めている。また、夫への想いを詠んでも己の生き方を省みて詠んでもその背景に大きな自然や社会的な問題を踏まえて詠んでいる。

舟木澄子短歌は、醒めた知性的な目で対象をとらえて詠みながら、押さえた表現の中に人間的な温みのある抒情性が滲む。いわば知性的抒情詩とも言うべきものである。そうした特色の見える佳作を一巻の中から何首か取り出してみよう。

波音に序破急のあり逝く夏の名残りのように夢の初島　（第Ⅰ章）

目の前に降りし遮断機つじつまの合わぬひと日の終章めきて

咲き満ちて水面に迫る桜ばな耐うる極みか一花も散らず　（第Ⅱ章）

勢いの余りて共にまろびつつ抱き止めし児の日向の匂い

結論を出さねばならぬ鉛筆の芯時かけて鋭く削る

ご破算で願えぬゆえのしがらみの初夏を冷たき雨降りつづく

つづまりはそこに落ち着くわが思惟か石蕗《つわ》の穂絮の未だも飛ばず
指示されし道来つれども標《しるべ》なる一木すでに万緑に紛る
あの花は何ぞとバスに往き復る知らないままがいいこともある　（第Ⅲ章）

秒刻みに追わるる人らか駆けのぼるエスカレーターの先　如何なる世紀ぞ
被災地の酷寒やさぞ　ララ物資に寒さ凌ぎし遠き日ありき
歯ぎしりも怒りも何かはぎらぎらの八月の空を飛ぶオスプレイ
時代とう避けられぬ狭間にただ一つなる生を生きにし若人よ、知覧

知性的抒情の短歌的世界を展開する舟木澄子さんの形質は何処でどのように形成されたのであろうか。その原点の一つは「原風景」という歌集名にもなっている生い立ちとその後の引揚げという体験であろう。第Ⅰ章「日本が見えたぞ!!」の中の文章にあるように、舟木さんは現在の中国東北部、当時日本領だった関東州に生い立った。そして昭和二十年、国民学校初等科五年生の時終戦、六年生の時日本へ引き揚げるという波瀾万丈の戦争体験をしている。敗戦後の

引揚げの苦難は大変なものであり、それが戦争と平和をめぐる社会や政治に対する問題意識の背景にある。

いっときの光芒放ちし関東州　生《あ》れて育ちて　地図より消えて

母の背の弟を売れと幾たびか言われしことも遠し大連

敗戦の恐怖の実像　声高に銃構え入りくる土足の兵らの

引き揚げた後は母の郷里秋田に少女期を過ごした。シベリア抑留から生還した父、引揚げを共にした母に寄せる想いを一首ずつ挙げよう。続けて知性的抒情に繋がるどのような故郷であったか、どのような少女であったかが分かる歌を取り上げてみよう。

春雷の一喝ののち夜の沈黙《しじま》　たまには父に叱られたかった

歯痒がらせる娘でありき　闊達の母に似ざるは一世の不孝

遠き日の心の残影見るごとし本棚の隅に岩波文庫

嫁っこも童《わらし》も泣かせ罪深しなまはげ叫《お》らぶ声か聞こゆる

唐突に恩師の訃はあり　数学が好きだったわたしの遠き風景

舟木澄子短歌の原点の二つ目は何か。それはポトナム創刊時からの中心的指導者であった阿部静枝が伯母であるということだ。舟木さんがポトナム短歌会に入会したのは平成六年、阿部静枝は既に昭和四十九年八月三十一日（秋草忌）に亡くなっており直接短歌の指導を受ける機会はなかった。しかし、歌人・評論家・社会運動家として活躍した阿部静枝の形質をその弟である父を通して受け継いだのであろう。知性的抒情まさに阿部静枝短歌の特質であった。阿部静枝と父を詠む。

桜紅葉陽に光りつつ舞いかかる静枝の歌碑のまろき肩の辺　（宮城県）
ちちのみの父の生《あ》れたる家なりき町なりき今日を訪い来つるかな
阿部静枝の生地にひとを案内して秋のひと日の芳潤はあり
般若心経に和するか苑の蟬しぐれ秋草忌の墓前立ち去りがたし　（八柱霊園）
柴舟に歌はた書など学びたる伯母なりほそほそと仮名文字優し

柴舟著『日記の端より』教本に研究発表、頑張ったなああの頃

後の二首は第Ⅲ章「柴舟会」から取り上げた。阿部静枝は東京女子高等師範学校において尾上柴舟に短歌と書を学んだ。舟木さんはその縁を大事にして柴舟会という研究会に属し幹事も務めながら熱心に勉強している。舟木澄子短歌の原点の原点である。

舟木澄子さんは結婚以来住む横浜市緑区の「初心者短歌講座」で昭和五十五年から短歌を始めた。そして平成六年ポトナムに入会し芝谷幸子先生に師事した。以来先生の懇切な指導をいただき白楊賞作家にまで成長した。その後残念なことに芝谷先生は体調を崩しポトナム代表も選者も退かれたため、以後私が舟木さんの選歌を担当している。舟木さんは先生に寄せる想いを次のように詠んでいる。

朱鷺の島に「トキの歌碑」建つ鷲山荘文学碑林に除幕式進む
「継続は力なり」とぞ身をもって示し給えり秋明《さや》かなり

自らをコスモポリタンと謳いし師着地自在に九十五《きゅうじゅうご》歳の春

舟木澄子さんと私は同い年である。この齢になるとなかなか五体健全というわけにはいかない。ポトナム横浜支部の幹部として平成二十年ポトナム全国（横浜）大会の事務局を担当した。その六月舟木さんは入院することになり次のような歌を残している。

引継ぎはつつがなかりしか思いのみ先行しつつ入院日迎う

プログラムを空《くう》に繰りつつ今十二時　病院食は意外に味濃し

この年四月から私も四十日入院して大会に参加出来なかった。実は阿部静枝先生は私の師である。不思議なご縁がある。舟木さんはその後何回か入院したが病気を乗り越えて元気に頑張っている。たまたま現在東京三田の友愛労働歴史館にて企画展「阿部静枝　その人と生涯―歌人・社会運動家として生きて」が開かれている。この時期に舟木澄子さんが歌集をまとめて出版する意義は大きい。ここで、希望に満ちた未来を象徴する三首を挙げてこの稿を結びたい。

ハーブティー白き器に満たしつつ少し春ある心地こそすれ

然はあれどいのち守られ戻り来ぬ弥生三月わが生まれ月

賀状届くだけでよろしもこの地球に生きて何処かでつながっている

二〇一四、九、二三　秋分の日に

あとがき

身めぐりにゆったりと刻《とき》が流れる四十代、私は無性に何かに挑戦してみたい気分になっていた。油絵、書道、語り部の会……そして結局一つだけ手元に残ったのが短歌である。緑区主催の短歌教室、講師斎藤勇先生のお人柄、広い世界に魅せられたのかも知れない。後に母も入会、遠く九州は海の中道、金印の島など吟行旅行した思い出等今に鮮らしい。

平成六年、地元地区センターでの短歌講座を受講したのが小崎碇之介先生との出会いであり、ポトナムへの道をつけて頂いた。そして急逝された小崎先生の御葬儀で和田周三、芝谷幸子先生に初めてお会いする。爾来芝谷先生の温かな大らかなご指導を頂いてきた。芝谷先生引退の後は藤井治先生にご指導頂いている。平成十二年東京に本部が移り金子元英先生宅で校正のお手伝いをさせて頂いたのも私にとって貴重な体験であり、より一層短歌への思いも深まっていった。金子、芝谷両先生からも早く歌集を出しなさい、と言われ続け乍ら、今ようやくお応えすることが出来る。

　数多くの先生方のご指導を頂き先輩諸氏にお世話になったこと誠に大きく感謝の思いで一杯である。その全部を著すには紙幅が足りず、お一人々々への感謝の思いを込めて歩み来た道を後掲の表にまとめてみた。

　歌集は第一章に戦争・引揚げのことまた題に添って一つの作品としたものを、第三章には平成二十年以降を、第二章に「黄雞」「ポトナム」へ月々出詠したものをほぼ作年順に並べてみた。

　このたび歌集を作るに当っては藤井先生に一方ならぬお世話になりました。私には身に余る跋文まで頂戴し心より御礼申し上げます。阿部静枝には直接指導を受けたことはなかった私ですが藤井先生を通していつも伯母を感じていたように思います。

また「現代短歌社」の道具武志様今泉洋子様皆様には大変お世話になりました。厚く御礼申し上げます。

最後に、主婦業失格の私を自由に泳がせてくれている夫に礼を言いたい。あまつさえ病を得てからは迷惑のかけ通しで今はただ感謝の念で一杯である。娘、息子もその家族共々何くれとなく応援してくれること心より感謝したい。図らずも傘寿の記念となったこの歌集、多くの人達に支えられていること改めて感謝している。

舟木澄子

平成二十六年十月二十五日

うたの道を歩む

昭和五十五年　緑区初心者短歌講座受講、終了後講師斎藤勇先生主宰「黄雞」に入会。

昭和五十六年　みどり短歌会発足。指導斎藤勇先生、後に都筑短歌会と改名、現在に至る。

平成六年　白山地区センターにて短歌短期講座受講。講師小崎碇之介先生主宰の子午線短歌会に入会。同年ポトナム短歌会入会。

平成七年　小崎先生急逝により和田周三先生の通信指導を受け後に芝谷幸子先生の指導下に入り、ポプラ会入会。

平成十一年　白楊賞受賞。地元相模支部歌会にも参加させて頂く。

平成十二年　東京へ本部移転にともないポプラ会より校正部員として編集に参加。黄楊短歌会に入会。金子元英、藤井治先生また髙島静子、

平成十四年　　　岡崎洋次郎先生の指導を受ける。
平成十六年　　　歌会あざみ野立ち上げ、指導芝谷先生。
平成十七年　　　合同歌集『花あかり』出版。
　　　　　　　　芝谷先生ポトナム代表と発行所を引き受けられ、会計を担当。
　　　　　　　　あざみ野会員全員で応援する。
平成二十六年現在　荻原欣子先生指導のもと校正のお手伝いをする。芝谷先生
　　　　　　　　引退後二十一年より歌会あざみ野は岡崎先生の指導を受けてい
　　　　　　　　る。

現在　日本歌人クラブ会員
　　　柴舟会常任幹事
　　　短歌雑誌連盟幹事

歌集 原風景　　ポトナム叢書第513篇

平成27年2月6日　発行

著者　舟木澄子
〒226-0002 横浜市緑区東本郷3-12-21
発行人　道具武志
印刷　㈱キャップス
発行所　現代短歌社
〒113-0033 東京都文京区本郷1-35-26
振替口座 00160-5-290969
電話 03(5804)7100

定価2500円(本体2315円+税)
ISBN978-4-86534-075-4 C0092 ¥2315E